o velho que não sente frio
e outras histórias

---

daniel francoy

Dados Internacionais de Catalogação na Publicação (CIP)

F826v	Francoy, Daniel

O velho que não sente frio e outras histórias / Daniel Francoy. - São Paulo : Edições Jabuticaba, 2020.

80 p. ; 11cm x 18cm.

ISBN: 978-65-00-04334-1

1. Literatura brasileira. I. Título.

	CDD 869.8992
2020-1179	CDU 821.134.3(81)

Elaborado por Vagner Rodolfo da Silva - CRB-8/9410

Índice para catálogo sistemático:
1. Literatura brasileira 869.8992
2. Literatura brasileira 821.134.3(81)

© 2020 Edições Jabuticaba

Revisão: Rodrigo A. do Nascimento e Cláudia T. Alves

Design miolo: Marcelo F. Lotufo

Capa: colaboração Bruna Kim e Marcelo Lotufo

Imagem da capa: Francisco de Goya

vieil homme sur une balançoire, grafite 19x15,1 cm

Edições Jabuticaba
www.ediçõesjabuticaba.com.br
www.facebook.com.br/Edjabuticaba
Instagram: @livrosjabuticaba

o velho que não sente frio
e outras histórias

"As risadas deste livro são falsas!",
argumentarão meus detratores.
Nicanor Parra

No bar situado na esquina das ruas Conselheiro Dantas e Luiz da Cunha, no bairro da Vila Tibério, na cidade de Ribeirão Preto, existe um velho que não sente frio. Diante de uma praça ocupada por viciados e a poucos quarteirões da concessionária Santa Emília, conhecido ponto de prostituição de travestis, ele é o imperador caído das noites de inverno. Não importa o dia da semana: pode ser noite de segunda ou de terça, quando as ruas ficam vazias após o horário comercial, lá está o velho. O máximo que se permite é o uso de um esgarçado suéter obtido durante alguma ação de caridade de doação de roupas de frio aos pobres. As pernas, finas, ressecadas, talhadas pela noite fria como a madeira riscada de gilete – as pernas estão sempre ao relento, e cruzadas, como na célebre estátua de Drummond no Rio de Janeiro. Ele bebe uma cerveja Sub Zero e raramente fala, de modo que é impossível saber se, abrindo a boca, do profundo de sua garganta sobe um halo de calor que se desmancha na noite.

Os fatos acontecem agora. Os termômetros marcam dez graus pela terceira noite seguida, circunstância bastante incomum numa cidade de inverno tão brando, e a televisão está sintonizada no Altas Horas. Uma travesti entra e compra um Halls preto. Ressoa um grito de desespero. O velho permanece um totem. Atrás do balconista, entre as garrafas de bebida, há um Cristo de gesso e a fotografia emoldurada de um time de futebol. A luz é fria e branca, dois pastéis encharcados de gordura estão no interior da estufa de salgados e do banheiro vem um cheiro de mijo. No outro lado da rua, na praça diante da igreja Coração de Maria, um dos viciados utiliza o balanço do parque em plena madrugada.

O velho que não sente frio bebe a sua cerveja com uma lentidão cósmica. Quando o miserável que brinca na praça atinge o ponto mais alto de seu movimento, ele estica os pés, sentindo-os cada vez mais próximos da lua, e é como se fosse cair num poço de água fria e limpa como jamais viu. O miserável escuta um grito. É uma mulher que pega fogo. Ela estava dormindo nas escadarias da igreja e, enquanto o incêndio a destrói, também ocorrem os seguintes eventos: um cachorro, após rasgar um saco de lixo, rói alguns ossos de frango; uma mãe amamenta o seu filho; o velho que não sente frio se lembra de algo que não queria lembrar – e, se buscamos a precisão da miséria humana, informo que, um dia antes de morrer incendiada, a miserável acordou com um rato sobre o seu ventre. O velho sente frio, e o frio lhe causa dor, mais precisamente no joelho esquerdo, mal curado após o que pode ter sido um coice de cavalo, um acidente de motocicleta ou uma sessão de espancamento. A miserável, que morre incendiada, foi esterilizada há seis meses por decisão judicial. Alguém que pega fogo dança como se tentasse exorcizar a própria alma adquirida no dia de seu nascimento.

Algumas horas antes dos fatos, um homem subiu a Luiz da Cunha pedalando numa bicicleta que rebocava um carrinho de algodão-doce com uma caixa de som acoplada, tocando a um volume que se podia ouvir a quarteirões de distância "O Mundo É Um Moinho", "Metamorfose Ambulante" ou "Alegria Alegria", deixo a escolha por sua conta. Antes do grito de desespero, não é errado dizer que o velho bebia a sua cerveja e pensava, ao seu modo, num vitorioso time de futebol de dois anos atrás; e, de uma forma invertebrada e inexpressa, a seguinte reminiscência se agitava em seu coração: o cheiro das damas da noite em agosto, quando o calor começa a voltar. Outros três miseráveis que dormiam sob marquises próximas conseguem conter as chamas da mulher, mas, no caso de um ser humano pegando fogo, cedo demais é tarde demais, como bem ensinou Marguerite Duras.

Como o relato, além de cheirar a inconclusão, torna-se demasiado doloroso, pergunto:

( ) é verídico pelo menos em 50%;
( ) é mentiroso pelo menos em 50%.

*

É preciso agora um deslocamento de perspectiva, mas o deslocamento deve conjurar alguma imagem do terrível; e a realidade do horror, para a sensibilidade de quem lê, encontra-se melhor delineada com o deslocamento da perspectiva para:

( ) a mãe, que, amamentando o filho diante do vidro da janela do quarto, escuta um grito de horror, olha para baixo e vê uma figura humana correndo incendiada entre os carros, desaparecendo atrás da banca de jornal;
( ) o miserável, que insiste em brincar no parque infantil enquanto a noite fria se expande em seu espírito como uma mandrágora.

*

Se a quem escreve é permitido um voto de Minerva, observo que a mãe é uma figura mais conveniente para o atual momento da narrativa. O miserável que brinca nos balanços parece uma personagem inventada. Por outro lado, uma mãe é sempre possível e crível, o que pode dar ensejo à seguinte oração inventada por mim: *eu não acredito em Jesus Cristo, mas acredito que Maria concebeu uma vida sagrada; eu não acredito na crucificação, mas acredito que Maria guardou o sudário sujo com o sangue do filho massacrado; eu não acredito na ressurreição, mas acredito que o filho morto vive na mãe, cujo coração foi trespassado pela espada e pelo fogo.*

Portanto, eis o deliberado: para testemunhar alguém que morre com o corpo em chamas, a mãe que amamenta é mais real e mais terrível do que o viciado que brinca no balanço, e rogo a quem lê para que tenha em mente os seguintes detalhes.

O pai dorme. O filho dorme, ou, pelo menos, está mais adormecido do que acordado, e suga sonâmbulo o leite do seio esquerdo da mãe. A mãe está quase adormecida quando escuta o grito de desespero. A mãe, sob o impacto do espanto, caminha até a sacada, alheia à baixa temperatura da noite. Ela leva o filho desprotegido que mama junto ao seio também desprotegido. Um vento gelado os engolfa. Ela sente que o frio pode dilacerar uma existência tão frágil quanto a que carrega, sente o seu corpo ficar mais gelado, e, no entanto, não consegue se mover. Sabe que alguém morre naquele preciso momento. O filho larga o seio e ameaça chorar, um suspiro rasgado de dor, quebrando o transe. A mãe o leva de volta à proteção do interior do apartamento.

A criança demora alguns minutos para se acalmar, até que volta a pegar o seio e, logo depois, cai em sono profundo. De volta ao quarto do filho, ainda o nina por alguns segundos, para que arrote, até que o coloca no berço. Agora contempla o filho adormecido, pensando naquilo que o frio da noite poderia causar, e percebe que algo se move dentro de seu coração. Não sabe exatamente o que é. Sente-se ameaçada por um martelo, pela iminência de seu golpe destruidor, ou talvez o que a machuque seja o método de uma cicatriz até então ignorada.

Ela caminha até a sacada, misturando-se à substância da noite. Olha na direção da praça. Diante da igreja, três viaturas de polícia e uma ambulância: os sinais luminosos ligados acima dos veículos, a luz vermelha, acendendo-se e apagando-se, apagando-se e acendendo-se. Alguém chora. Volta para o quarto de casal, e, olhando o marido adormecido, sente que ele se parece com:

( ) a arruinada efígie do amor;
( ) um faraó embalsamado, com as vísceras substituídas por maçãs de rico sumo, o que lhe garante uma paz e uma tranquilidade extraordinárias.

Ela se deita ao lado do marido, assombrada por um delírio auditivo que ocorre quase todas as noites: parece que o filho ainda chora, faminto, convocando-a. Na noite em questão, a premonição do choro acaba se fundindo a uma outra suspeita: é como se a mulher incendiada, já morta, ainda gritasse na praça.

    Contudo, o que efetivamente perturba o silêncio noturno é o homem que dorme ao seu lado. A atmosfera do quarto está densa e morna devido à sua respiração. É um sentimento diferente de quando estava diante do filho. Sob os ecos do grito da mulher, o primogênito lhe impusera uma ternura quase desesperada, um amor que era quase como entoar um Salmo diante de um muro, receber de volta o eco da oração, tal como fora lançada, e não saber o que fazer com a dádiva devolvida.

    Sai para uma última ronda noturna. Vai até a sacada e olha de novo a praça, como se estivesse diante de Sodoma. Como se fosse a insubordinada mulher de Lot e visse a destruição de uma terra arrasada, sem entender por que fora poupada, continuando uma mulher de carne e osso, com leite minando dentro dos seios. De alguma forma, embora com outras palavras, considera que um sobrevivente é aquele que não se transformou em estátua de sal. Não é uma condição tranquilizadora, pois a punição pode cair sobre um ente querido. Talvez o primogênito dentro do berço termine com um sopro de um deus cruel, vitimado por uma pneumonia causada pela exposição ao frio. É o que ela teme, mas com as suas próprias palavras, e quando digo com as suas próprias palavras quero dizer com o seu próprio terror corroído pela ternura. Ela retorna ao quarto do filho e mais uma vez o contempla. Aproxima a palma da mão de seu rosto a fim de constatar se o calor por ele emanado tem o calor próprio de um corpo vivo.

Volta então ao quarto de casal, encurralada dentro do próprio espanto. Novamente divisa o marido, ruidoso, a emanar um bafo quente e denso. Após tanto tempo velando o seu repouso, ainda não sabe se o homem deitado na cama dorme com o sono dos carrascos ou dos condenados.

*

Amanhece e, sobre as escadarias da igreja, há o que resta de um cobertor queimado. Onde a miserável dormia antes de ter o corpo consumido pelas chamas, há uma mancha escura, formando um desenho que poderia interessar àqueles que apreciam e acreditam no teste de Rorschach.

Portanto, eu agora coloco quem lê diante de uma mancha de carvão, pergunto *o que vê?*, e ofereço as seguintes alternativas, todas marcadas por um escancarado lirismo:

( ) a silhueta de uma borboleta calcinada, embora de proporções humanas;
( ) o perfil de uma árvore durante os meses da seca mais severa;

( ) o percurso do leite derramado de uma jarra a uma altura de dois metros.

Feita a escolha, eu revelo algo como um ardil, exibindo a natureza de um deus que busca criar um labirinto onde todas as possibilidades induzem ao erro, ainda que se trate de um labirinto em linha reta: a velha e conhecida rua percorrida inumeráveis vezes no caminho de volta do trabalho, a calçada onde aprendeu a diferença entre uma rosa e um cravo e entre um cravo e um crisântemo, o caminho de tal modo acidentado que um passo em falso sempre é possível, pois agora pergunto e acuso:

Não percebe que o que tem diante de si é a mancha deixada por um corpo calcinado?

Ignora que foi aqui que uma criatura humana ardeu em labaredas até que a vida dela se estiolasse?

Não compreende que aqui, como em todas as outras calçadas, há um indício de uma inominável violência, e que, constatada a violência, é incontestável a conclusão de que há uma vítima e um carrasco?

Você consegue distinguir uma vítima de um carrasco com a mesma presteza com a qual distingue uma mentira de uma verdade?

*

Os lençóis, drapejando sob a frescura matinal, são de uma alvura quase ofuscante, e, assim tão brancos, não há sinal de que houvessem conhecido o sangue, hipótese que se torna ainda menos crível quando digo que os lençóis estão pendurados nos fundos do Lar Santana, localizado na Rua Conselheiro Dantas, Vila Tibério, na cidade de Ribeirão Preto.

Afinal, de que forma o sangue pode macular os lençóis que servem uma casa onde reina a sagrada assepsia? O sangue não pode ser o sinal do defloramento de uma mulher, pois que mulher seria deflorada – contra a sua vontade ou não – numa casa santa, onde impera o celibato e a misericórdia?

Uma argumentação possível é dizer: pode muito bem ser o lençol onde nasceu uma criança. A cena, dramática, vem com toda a facilidade ao imaginário de quem lê: a pobre criatura sem ninguém no mundo que é acolhida pelas freiras, suja, e grávida por estar suja, e que por estar grávida dá à luz dentro do convento, sobre os lençóis que não conhecem a cor vermelha. Então a marca da criança recém-nascida nos lençóis seria o oposto de um sudário.

Descartemos esta possibilidade. Uma consulta mais aprofundada sobre a história do Lar Santana é taxativa: nenhum nascimento foi registrado ali, mas há o apontamento de algumas mortes.

Portanto, havendo resquícios de sangue num dos lençóis estendidos no varal, resta apenas a hipótese da violência, é lamentável admitir, mas admitamos. Aliás, talvez a isto devesse se prestar a literatura de nossos tempos: colocar quem lê diante do varal onde drapeja branquíssima roupa, com o sol matinal incidindo sobre ela com tamanha potência que a brancura alcança o limiar da transparência, e então quem escreve, apontando os lisos e brancos estandartes, perguntaria: num desses lençóis eu escrevi uma palavra com sangue, mas que acabou desbotando quase que totalmente – você consegue encontrá-la?

Suponha agora que você encontrou a mancha de sangue. Até um instante atrás, permanecia invisível, mas, agora que você a localizou, tornou-se um centro de gravidade mais potente do que o próprio sol. Peço agora, você que me lê, para que mire o que resta da mancha de sangue e me diga se é idêntica ou diferente da marca deixada no chão pela mulher que morreu incendiada.

*

Imagine que sabia ler a miserável que morreu em chamas e que, embora pareça ridículo, ela tinha uma clara preferência pela poesia. Agora, imagine que ela remexia sacos de lixo, e que nos sacos de lixo da Vila Tibério há sempre cascas de banana, cartelas de analgésicos, ossos de frango com um resto de carne ainda presa a eles, e, eventualmente, livros de poesia, e que um dia, vasculhando certo lixo de certa casa, a futura morta encontrou um livro de poemas da polonesa Wislawa Szymborska. Então imagine que ela decorou todas as perguntas do poema "Vietnã", e que ela as ficava repetindo, ao estilo dos alucinados.

Mulher, como você se chama? – foi o que ela questionou a um homem que saía da agência bancária do Bradesco, localizada na Martinico Prado, a uma distância de uns trezentos metros do local onde viria a falecer. O homem acelerou o passo. Ela ainda formulou uma derradeira pergunta: *Quando você nasceu, de onde você vem?* Então ela se lembrou de que algumas vezes se lembrava de algo como uma infância, mas agora não conseguia mais fazer isso, como se fosse outra ou como se fosse a mesma e nada houvesse para ser lembrado.

Para que cavou uma toca na terra? – este o questionamento feito quando se encontrava entre os miseráveis da Praça da Locomotiva, onde também fica o pronto-socorro. Eram cinco, dividiam um corote de pinga e fumavam pedras de crack. Um dos homens com quem dividia a garrafa era o pai de um dos seus filhos extraviados; o último antes da decisão judicial que determinou sua esterilização forçada às expensas do Estado.

Desde quando está aqui escondida? Para que mordeu o meu dedo anelar? – para o próprio rosto refletido no vidro fumê de um veículo parado no sinal vermelho. Um homem na cadeira de rodas imprimira alguns Salmos em santinhos, e, manobrando entre os veículos, os distribuía aos motoristas e aqui cabe informar o que a condenada pensa de Deus: o mesmo que pensa da autoridade que, constatando a sua loucura, a esterilizou.

Não sabe que não vamos te fazer nenhum mal? – para os parentes de uma vítima de espancamento, que esperavam, consternados pela iminente morte de uma familiar violentada, diante do pronto-socorro, e então ela se lembrou de um ramalhete de flores sobre um túmulo, e aqui cabe informar o que ela pensa do amor e das flores: o mesmo que pensa dos mortos.

De que lado você está? – para uma garota com olhos culpados, que se aproximou enquanto ela revirava o lixo, e lhe estendeu uma nota de dois reais. Ela pegou a nota e foi como se pegasse cédulas de um dinheiro de brinquedo.

Tua aldeia ainda existe? – para uma família de migrantes que, diante de uma pastelaria na rodoviária de Ribeirão Preto, esperava entre caixas de papelão e gigantescos sacos plásticos que continham todos os seus despojos. A família era formada pela mãe, pelo pai, e por duas meninas de pouca idade, gêmeas, encardidas, de pele parda, com os cabelos puxando para o loiro, e ela não se lembrou de nada.

Esses são teus filhos? – para uma cadela que acabara de ser afugentada de dentro de um boteco localizado na rua Castro Alves; uma cachorra magra, com a costela marcando a carne, com as mamas penduradas e diláceradas pela ação de uma ninhada de filhotes de destino ignorado; então ela sentiu repuxar, no abdômen, os pontos da cesárea e da laqueadura forçada, e rogou uma maldição contra forças indefinidas.

*

Você que lê: ainda acredita em mim?

*

Tua aldeia ainda existe? – tornou a perguntar a miserável, agora ao vendedor de algodão-doce. Eles estavam entre o Mercado Central e o Centro Popular de Compras, próximo a vendedores ambulantes que comercializam os mais diversos produtos: perfumes falsificados, camisetas, frutas, saquinhos de feijão, CDs e DVDs. Não muito longe, um jovem vigarista organizava um semicírculo ao seu redor. Diante dele, uma banca que consistia numa tábua sobre dois cavaletes, e sobre a tábua três copos de couro, idênticos. O homem desafiava os transeuntes a apostar se eles seriam capazes de localizar o copo que escondia um valete de ouros.

Quem lê pode argumentar que o referido jogo, na realidade, é uma trapaça, e uma trapaça conhecida de todos. Nas grandes cidades a sua prática desapareceu quase por completo, não por ação das forças policiais, mas pela população em geral, cansada de vigaristas, e que não quer mais ser passada para trás. Então cabe aqui propor o seguinte exercício de imaginação: diante do trapaceiro havia cinco sujeitos dispostos a apostar os seus poucos trocados.

De que forma podemos justificar a equivocada ganância dos apostadores?

( ) as ruas do centro da cidade são um território atravessado por sujeitos que nunca poderão vencer, e alguém que nunca poderá vencer é, quase que invariavelmente, alguém que sempre é trapaceado;
( ) ainda reina a absoluta confiança de que o mundo das improbabilidades esconde tesouros para aquele que explora os seus domínios, como o jogo de loteria preenchido com números das placas dos últimos cinco carros que subiram a rua.

*

Tua aldeia ainda existe? – a miserável tornou a perguntar, raivosa porque o vendedor de algodões-doces mantinha silêncio enquanto servia um cliente.

Não, não existe – respondeu o vendedor, após o cliente ter ido embora. O seu carrinho de algodão-doce estava acoplado à bicicleta e também a uma pequena, mas potente caixa de som. Ressoaram os acordes de "Eu Nasci Há Dez Mil Anos Atrás".

Então me dá um algodão-doce!

A mulher era uma conhecida de todos os ambulantes da região da rodoviária. Por vezes, ela estacava diante de alguma barraquinha, com as suas perguntas insistentes e insensatas, e depois acabava por pedir algo que via à venda: um par de meias, um saquinho de feijões verdes, um DVD com clipes de sucessos de amor chamado "Boleros 2.000", um boné de aba reta, uma goiaba, um cata-vento de papel celofane.

Era repelida com violência, quando redobrava a fúria com que fazia as suas perguntas, e então saía: tresloucada, as pernas muito magras, os cabelos espetados, descalça, o ventre magro e com a cicatriz de uma cirurgia, o rosto untado por uma fuligem oleosa.

O vendedor de algodão-doce era o único que atendia aos seus pedidos. Assim ela não vai embora nunca. Leva pra casa. Mas nem pediu um boquete em troca – eis algumas das frases de protesto que costumava ouvir, e eis que aqui mais uma vez ele atendeu ao seu pedido. Levou o palito de bambu próximo ao eixo da roda onde revoluteava o açúcar rosado, e, como se estivesse concebendo uma nuvem do entardecer de Maio, fez com que o algodão surgisse ao redor do palito.

Entregou a guloseima à mulher.

De que lado você está? – ela perguntou e, antes que houvesse resposta, afastou-se. Novamente o andar apressado. Ela passou por entre o vendedor de cata-ventos e a barraca onde o trapaceiro embaralhava os copos com extrema velocidade. Mirando os copos, um senhor magro e alto, de cabelos branquíssimos, vestindo um terno azul.

Em que copo está o valete de ouro?

O velho apontou o copo que ocupava a posição central e foi então que o trapaceiro revelou o valete de ouros.

*

Agora sabemos que um róseo algodão-doce foi a última ceia da mulher que morreu queimada.

*

Agora também sabemos que o homem que rebocava um carrinho de algodão-doce – com uma caixa de som acoplada – e que aparece logo no início do relato, como um exemplo de incerta esperança, é uma criatura de caduca generosidade.

Ele soube do assassinato da mulher na manhã seguinte.

Ontem tacaram fogo no corpo daquela moça magra e ela morreu, disse o vendedor de cata-ventos, enquanto os seus artefatos, feitos com papel celofane rosa, amarelo, azul e verde, recebiam uma oblíqua brisa matinal e rodopiavam, as cores misturadas e alegres. Um caminhão da prefeitura jogava água sobre o calçadão, o que tinha a finalidade de limpar as calçadas e também de afugentar as criaturas que ainda dormiam sob papelões e cobertores rasgados.

Era domingo, dia em que ele costumava vender algodão-doce na Praça XV, diante do Teatro Pedro II, e, manhã diáfana de inverno, ele sentiu – ao seu modo – que a claridade pousava uma redoma de silêncio sobre tudo o que via. Seria belo, não fosse um frio sujo, ardido e áspero. Ele havia posicionado o seu carrinho sob a estátua do soldado desconhecido, que, com os braços retesados, em posição de ataque, devolvia-lhe a iminente e amargurada sensação de que a granada que tinha em mãos seria lançada contra a cidade.

*

A pipa era de papel de seda rosa e amarelo, e a rabiola, que devia ter uns dois metros de comprimento, era feita com picotes de sacolinhas plásticas de supermercado nas cores verde, azul, vermelha e amarela.

A pipa vinha cortada. Nos seus momentos de liberdade inicial, a queda ainda não era queda, e então a pipa passou a dar voltas em torno de si, em movimentos espirais. Ela vinha caindo desde a divisa entre a Vila Tibério e o Sumarezinho, passou rente à caixa d'água da rua Jorge Lobato, com a sua temível aparência de ampulheta infiltrada de umidade, e a partir daí a queda se acelerou. O entardecer era plúmbeo, com um fulgor dourado nos limites do poente. Caía uma fina chuva da queimada dos canaviais. As árvores estavam com os galhos secos e a vegetação dos terrenos baldios era amarela.

A pipa acabou por cair na Rua Epitácio Pessoa, no quintal de uma casa idêntica à sua vizinha, como se, há algumas décadas, ambas as residências fizessem parte de uma única construção. A simetria entre as duas fachadas era apenas quebrada pela discrepância entre as cores: uma das fachadas era pintada de um verde que, desbotando, apresentava uma tonalidade na fronteira do cinza; a outra casa era vermelha e havia sido pintada recentemente.

A pipa caiu nos fundos da casinha de fachada verde. Ficou pendurada no varal de arame enferrujado. Havia alguns vasos improvisados em latões de tinta, de onde pendiam desolados girassóis.

Perto dos latões com os girassóis mortos, havia um toco de madeira e, sentado sobre o toco, o velho que não sente frio, vestido tal e qual no início do relato – o esgarçado suéter recebido de um morto anônimo e uma bermuda fina. Ele trazia um radinho de pilha junto aos ouvidos e ouvia uma voz piedosa e triste (infinitamente piedosa e triste) entoar a Ave Maria de Gounod enquanto sobre o céu pesava o selo das seis horas da tarde.

Em busca da pipa desgarrada, as crianças começaram a apertar a campainha e a sacudir o portão, até que surgiu um dos moradores da vizinhança, chamando-as de pestes, e dizendo que naquela casa morava um velho louco. Pouco a pouco, os gritos infantis foram desaparecendo, e logo a Ave Maria de Gounod não era mais do que um eco fugidio. O velho, atento à pipa presa ao varal de arame, quase que irremediavelmente engolfada pelo limiar da noite, observou-a passar por diversas metamorfoses enquanto declinava a luz: em dado momento, poderia ser tomada pela silhueta de um dragão adormecido ou talvez de mais um morto girassol, embora de proporções humanas.

*

Proponho agora o seguinte exercício de lirismo.

É noite de verão sobre um jardim. Há um vagalume. Você está no jardim e observa a trajetória do vagalume, atento enquanto ele alça voo, faiscante. Um metro depois, a fagulha desaparece, e, quando ressurge, o vagalume já se encontra a uma distância de três ou quatro metros.

Imagine agora que, no jardim, há cinco vagalumes. Eles iniciam voo juntos, dardejando no ar. Um deles se apaga, logo em seguida outro se apaga, e mais um outro, e, antes que o quarto e o quinto deixem de brilhar, uma fagulha ressurge, e a partir daí tem início um intercâmbio entre vagalumes que se acendem e se apagam de maneira totalmente aleatória.

Acompanhar a trajetória de um vagalume específico, no oloroso jardim de verão, logo se revela uma tarefa impossível.

Complementemos o exercício acima com a seguinte proposição: cada um dos vagalumes é um pensamento ou uma sensação do velho que não sente frio. Quando o vagalume brilha ou arde, é o momento em que o velho tem a sensação ou o pensamento. Quando o vagalume se apaga, a sensação ou o pensamento também se apaga, ainda que volte a se iluminar daí a dois ou três metros.

*

Voltemos, agora, ao tempo presente.

*

Começo pelo que é mais imediato: frio, calor, fome, sede, paladar. É assim que a sensação-ideia-vagalume estala na cabeça do velho, como que a dizer sinto frio, estou com calor, tenho sede, esta comida está estragada. Contudo, logo o alarme deixa de soar e a sensação deixa de existir.

O velho janta uma sopa azeda e os termômetros, caída a noite, marcam dez graus. Ele leva a colher à boca. A receita é simples: batatas cortadas em cubos, cenouras em rodelas, ambas refogadas num caldo com um pedaço de costela. A sopa foi preparada há dois dias. A panela chegou a ser levada à geladeira, que funciona de maneira precária. A gordura da costela, misturada ao caldo, endureceu, formando uma crosta branca, que se desfez quando a panela foi levada ao fogo. O velho percebe que algo não vai bem, que o gosto da carne é cada vez mais gorduroso e ranço, e que os legumes apresentam o mesmo sabor passado. Ele pensa que aquela comida deve ser rejeitada, sente que a náusea lhe sobe pela garganta, a saliva espessa ante a possibilidade do vômito, mas esquece no instante seguinte.

Da mesma forma, a sensação de inverno, o chicote de vento gelado contra a pele, o frio que se irradia corpo adentro, o joelho esquerdo dolorido, a lembrança do golpe que quase o aleijou, um cavalo comandado por um homem de farda, mas é uma lembrança que sequer é uma lembrança, algo que pode ter acontecido com outra pessoa ou que nunca aconteceu. O processo de vestir umas calças compridas parece muito trabalhoso, para não dizer inútil. O velho sabe que o frio e a dor passam.

*

O espanto existe quando a percepção da realidade alcança um ponto em que se torna, a um só tempo, uma fratura e uma pergunta. A mãe que não iria morrer aos trinta anos, mas morre; o amor maduro que não iria degenerar em traição, mas degenera; a tarde que seguiria sem qualquer ocorrência anômala, mas que é sobressaltada pela queda de um homem que saltou do último andar; perceber no espelho uma imagem vagamente diferente daquela que deveria aparecer; um encontro súbito com um leopardo que atravessa a rua ou, para ser mais prosaico, a visão de uma garça branca pousada na margem poluída de um ribeirão que segue paralelo a uma avenida de extremo movimento; o arco-íris de uma nitidez extraordinária e os girassóis que crescem em torno de um fusca abandonado no interior de um terreno baldio. O espanto se inicia com a formulação de uma pergunta que, no limite, é simples. O que acontece? Por que acontece? Por que tão jovem? Por que você? Por que eu? O que me esconde? Isto é um milagre? E então, após formulada a pergunta, o silêncio que se sucede a ela é a consumação do espanto.

Agora, um vagalume aceso é uma pergunta-espanto no coração do velho. *Este sou eu?*, diante do próprio rosto refletido no espelho, com uma rachadura cruzando a superfície vítrea no sentido horizontal, na altura da boca. *Quem pre-*

parou esta comida?, para o prato diante de si, após a refeição, e um prato que — assim como o suéter que veste — se parece com despojos de um morto ou de outra vida: louça branca, mas com uma borda azul com arabescos dourados apagados que lembram o naipe de paus. *Para que tantos cristais?*, para uma cristaleira esquecida no canto da cozinha, com jogos para chá de porcelana cara e taças de cristal para os diversos fins: água, vinho, champanhe, licor.

*

O que sabemos até agora:

Sabemos que os vagalumes se acendem e se iluminam, e que da mesma forma surge e se apaga o espanto no coração do velho enquanto sai de casa rumo ao bar.

Sabemos que faltam poucas horas para uma mulher morrer com o corpo em chamas.

Sabemos que o velho é uma das testemunhas presenciais do assassinato.

Portanto, que pergunta o velho formulará quando, após um gole no copo de cerveja, ele ouvir um grito, olhar na direção da praça e avistar um corpo incendiado que, vindo da igreja e passando pelas bancas de jornal, corre na direção do chafariz?

Quem é esta?

Ela não percebe que o chafariz está desligado
e que a fonte está seca?

*

Venta forte quando o velho que não sente frio sai de sua casa e, após fechar o portão, caminha pela Rua Epitácio Pessoa até a Martinico Prado. Segue ao largo do muro do clube do Botafogo, um muro amarelo, esboroado, em que proliferam diversas pichações, entre as quais uma que poderia ser destinada ao velho, pois, em letras irregulares, todas em maiúsculas, num traço trêmulo, na cor vermelha, está escrito "O Velho". Logo abaixo, como se o pichador não tivesse calculado bem o espaço de que dispunha para trabalhar, o resto da pichação ocupa um espaço mínimo, e as letras aglutinadas formam algo que é quase um hieróglifo-borrão.

A frase pichada, na fronteira de ser ilegível, diz O Velho

( ) mundo ainda existe.
( ) mundo agoniza.

*

No caminho junto ao muro, o velho chega a se lembrar de quando ali era o estádio que recebia os jogos do Botafogo, e que muito menino vira o Pelé jogar durante uma tarde de sábado, naquele embate que terminou com o time de Ribeirão Preto sendo goleado pelo placar de 11 a 0. Pelé fizera mais de um gol. Dorval, Mengálvio, Coutinho, Pelé, Pepe: o velho lembrava-se do esquadrão invencível, da potência de seus corpos, de como eles reduziam os jogadores adversários a garotos assustados. Então eles riam e, tomados pela violência, gritavam xingamentos como rastros de brecada e outros insultos abomináveis. Pelé sorria com uns dentes muito brancos e, levantando a mão para a torcida adversária, gesticulava como que a dizer me aguardem, e sim, eles aguardaram e foram punidos com um massacre. Era uma lembrança boa, chega a pensar. Uma boa e feliz lembrança de uma derrota, o velho quase enuncia, embora com as suas próprias palavras, não com as do narrador, mas o pensamento desaparece e o significado do que poderia ser bom, felicidade e derrota são uma espuma que arde – indolor – dentro de seu cérebro. Uma forma indefinida começa a se mexer alguns metros adiante, na esquina da Epitácio Pessoa com a Martinico Prado, próximo a um bueiro e a um poste onde há vários lambe-lambes idênticos com o nome e o número de telefone de um mototáxi. Esta existência indefinida, que se move rente ao chão, o velho não consegue precisar se é um rato ou um panfleto com ofertas de um supermercado.

     Se você acredita que se trata de um rato, este rato:

( ) é o mesmo rato que, certa noite, invadiu o quintal do velho, esgueirando-se entre as latas de tinta com girassóis dentro e que escalou o muro e fugiu quando percebeu que era espreitado por um humano.
( ) é um dos novíssimos ratos que todos os dias vêm ao mundo.

*

Não podemos nos esquecer de que muitos vagalumes cintilam e se apagam nas vastidões do velho que não sente frio, e um dos vagalumes de atividade mais frenética é o vagalume do espanto triste, comovido e resignado, que teve início quando o velho se encontrava no fundo do quintal de sua casa, sentado sobre o toco de madeira, com o radinho ligado, sintonizado num programa esportivo que tratava de times da região de Ribeirão Preto. Sobreveio uma acirrada discussão acerca do Botafogo – SP, que completara uma sequência de cinco derrotas no segundo turno da série B do Brasileirão. A última derrota fora para o Brasil de Pelotas, em casa, pelo placar de 3 a 1, o que culminara com a demissão do técnico. Um dos comentaristas dizia que o Botafogo sofreria até o final do campeonato, e que agora as preocupações não poderiam ser outras além de evitar o rebaixamento para a série C. Jairo Neves, o presidente, dizia que o clube não faria grandes aventuras para a contratação de um novo técnico ou para reforçar a equipe, e que Eduardo Mantovani seria efetivado no cargo; ele que vinha treinando as equipes de base e conseguindo alguns bons resultados. Um outro comentarista disse que era mais do que justo que Eduardo tivesse uma chance como técnico do time principal, pois fora ele que revelara e lapidara a geração responsável pela ascensão do time à série A, dois anos antes. O primeiro comentarista tomou a palavra e disse que a história poderia ser outra se a cidade não tivesse vivido a tragédia de Wellington Paulo, que havia sido o artilheiro do campeonato na campanha de acesso à série principal, com dezoito gols marcados, e que, para jogar a série A, recusara propostas da Rússia e da China. De volta à divisão principal, o Botafogo terminara o primeiro turno com uma honrosa sétima colocação, Wellington Paulo despontava como vice-artilheiro do campeonato, até que, na primeira rodada do returno, jogando em casa e vencendo o Fluminense pelo placar de 2 a 0, enquanto retornava à sua posição após o goleiro do time adversário bater o tiro de meta, sentiu as pernas falharem e foi ao solo. Teve início uma agitação frenética, com jogadores de ambos os times tentando abaná-lo enquanto outros atletas empurravam os que estavam mais próximos para que o caído pudesse respirar. O médico tentou uma massagem cardíaca com o jovem ainda dentro do campo. Alguns jogadores assistiam a tudo com as mãos na cabeça, outros de cócoras, desnorteados e atônitos. Vieram os maqueiros e colocaram o jovem na maca. Quem se encontrava no estádio ou via o jogo pela televisão, soube imediatamente: naquele corpo que era erguido faltava o peso da vida, e o peso da vida deve ser compreendido como algo que resiste, pois um corpo vivo é um corpo que resiste ou que foi talhado para a resistência, e um morto não resiste, você ergue o seu braço e o solta e o braço cai com uma terrível velocidade, você o deixa de borco sobre o areal e ele fica imóvel como se pudesse se alimentar apenas de areia, você o arrasta para debaixo da terra e ele se deixa levar sem o mínimo terror, e era esta característica que todos podiam ver em Wellington Paulo, primeiro quando foi colocado na maca, depois quando já se encontrava deitado no carrinho motorizado, no caminho até a ambulância, na reverberação de uma luz estourada e caduca que são as seis horas da tarde de um dia de verão com horário de verão: o corpo deixava-se levar, deixava-se filmar, deixava-se tocar, sem medo, espanto, pudor, resistência. A morte foi declarada algumas horas depois. O velho lembrava-se do caso, ou julgava lembrar-se, ou simplesmente se lembrava de modo aleijado. Para ele, o ato de lembrar não é destacar uma memória entre várias, deixando as demais em segundo plano, mas ainda claramente identificáveis. Tudo se resume a uma única memória recortada de um borrão de fatos e sentimentos turvos. Enquanto ouvia o noticiário esportivo, o velho efetivamente se lembrou de Wellington Paulo, então o vagalume se apagou e, quando acendeu novamente, ele se sentia estranhamente triste pela campanha vitoriosa do Botafogo no primeiro turno do Campeonato Paulista de 1977, comandado por Sócrates. Sobreveio novo apagão e, no clarear, havia uma enorme vontade de chorar por Zé Mario, também ponta-esquerda, morto em 1978, vítima de uma leucemia, e enquanto pranteava Zé Mario o velho percebeu que, na verdade, pranteava a morte de uma irmã mais velha, e ele sabia, de alguma forma inefável e invertebrada, que a morte da irmã tinha alguma ligação ou se tornava mais triste justamente por causa da campanha vitoriosa do Botafogo em 1977, mas esta última barreira da memória ele não conseguiu ultrapassar e restaram apenas os vagalumes faiscando perguntas em seu cérebro. Este sou eu? Por que o meu estômago dói e o meu hálito cheira a carne podre? Por que faz frio? Hoje é a noite dos cristais?

*

O velho volta os olhos para uma travesti que acaba de entrar no bar, vinda das imediações da concessionária Santa Emília, pede um Halls preto e começa a conversar com um rapaz que bebe em pé junto ao balcão. A travesti e o jovem discutem, ela se afasta dele com um empurrão, o rapaz se desequilibra e, para não cair, escora-se numa mesa sem clientes. Algumas garrafas caem no chão, com estrépito. A travesti sai do bar e foge na direção da Santa Emília. O rapaz entra num Del Rey vermelho que se encontrava diante do bar e, cantando pneus, também segue na direção da concessionária.

    O velho dá um novo gole no copo de cerveja e encosta a cabeça na parede. As pernas cruzadas. Sente o trabalho do vento contra a sua epiderme, o método de um estilete, a lâmina fria que subitamente se torna um martelo que o atinge no joelho esquerdo e o golpe ressoa. Raul Seixas cantando "Gita" vem subindo a rua, na caixa de som acoplada ao carrinho de algodões-doces que o vendedor reboca com a bicicleta. A dona de casa nos pegue-pagues do mundo, a sombra e a mão do carrasco. A bicicleta se afasta. O velho observa como ela parece se dissolver na luz granulada e amarela que cai do alto dos postes. A bicicleta desaparece, mas a música ainda ecoa na noite, agora entoando vivas.

    Como um argumento sem palavras, surge algo como uma vontade de dormir. Explode uma briga entre viciados no interior da praça. Há uma gritaria breve. Dez minutos ou talvez duas horas depois, surge uma viatura de polícia. Alguém, ao acelerar um automóvel, volta a cantar pneu. Um cachorro late. Ecoa o grito de agonia. O velho demora a associar o berro ao fogo, ao perceber que a fogueira que vê se movimentar, errática, pela praça, é um ser humano. O dono do bar atravessa a rua, correndo, para ver o que acontece. A fogueira humana não se movimenta mais. Está parada no chão, baixa, cercada de vultos humanos. O fogo desaparece.

Botaram fogo naquela moça magra! – diz o dono do bar, voltando às pressas ao seu estabelecimento e telefonando para a polícia e para a ambulância.

O velho atravessa a rua e caminha na direção do corpo que sofreu a violência, já cercado pelas primeiras pessoas que chegaram ao local. Alguém estendeu um cobertor sobre a mulher, e nada se mexe sobre a mortalha, como se o tecido e o corpo debaixo dele fossem uma única existência. Sobe um cheiro de carne maçaricada e o velho se lembra do gosto de costela gordurosa na sopa de algumas horas atrás.

Mais tarde, no caminho de volta para a sua casa, há uma súbita interrupção no fluxo dos ventos. A noite se torna inerte: árvores transformadas em estátuas de pedra, e também os ventos parecem imóveis, como se a poeira fosse pesada demais para ser soprada. Sob a luz amarela dos postes paira uma neblina suja, que machuca a pele com a sua textura de areia queimada. Restos de um incêndio, o velho chega a pensar, e então, memória viva da Vila Tibério, lembra-se do fogaréu que pôs abaixo o Cine Marrocos, e é sacudido por uma tristeza e um desespero estéreis e invertebrados. Como se nada pudesse ser totalmente esquecido porque o que acontece nunca deixa de acontecer, mas é óbvio que o velho não sente isso com estas palavras, inventadas pelo narrador, e o que ele sente não é mais do que:

( ) um borrão movediço.
( ) a dor cega de estar no mundo.

*

Suponha agora que você nunca encontrou a mancha de sangue. Os varais onde seca a roupa branca ficam dispostos nos fundos do casarão que é o Lar Santana, no gramado de uma área bastante extensa, com sete metros de largura e quinze de comprimento. As laterais e os fundos do terreno são limitados por um muro de pedras pontiagudas, encimadas por cacos de vidro de garrafas quebradas. Há uma goiabeira e, ao lado, um pé de limão cravo. Há também quatro bancos de cimento, mais comuns em praças, e, no final do terreno, três fileiras paralelas de roupas brancas no varal. Sopra um cheiro de sabão em pó (muito tênue) que acaba por se misturar ao aroma cítrico dos limões que começam a amadurecer. Um dos bancos está ocupado por uma freira de hábito branco. Ela está completamente imóvel.

Você que me lê já sabe por que voltou para o pátio do Lar Santana: identificar as manchas de sangue que vem falhando em localizar.

Você pode, espírito invisível, caminhar entre os lençóis, as fronhas, e até mesmo se embrenhar entre os hábitos que secam sob o sol. Caso considere que a questão é uma pegadinha, e que a resposta não está nos varais com roupas lavadas, você pode examinar o chão, procurando entre a goiabeira e o limoeiro. Pode, se quiser, colocar uma escada junto ao muro e observar os afiados estilhaços de garrafas quebradas. Não lhe parece o local mais provável para encontrar sinais de sangue? Faço, contudo, uma advertência, ou melhor, uma pergunta: se você acredita que o sangue está nos cacos de vidro, você precisa me dizer se o ferimento ocorreu quando alguém pulava para dentro do Lar Santana ou quando alguém tentava escalar o muro em manobras de fuga. Acredita que alguém possa se desesperar assim nos limites de um convento? E do que fugiria? E, se não crê que haja sangue nos cacos de vidro, pode até procurar na freira que está sentada. Pode observar o hábito que ela veste. Pode observar as palmas de suas mãos. Pode observar o seu rosto. Constatar a retina pisada de sangue.

E enquanto você procura, espírito invisível e tenaz, ocorre uma das mais estranhas situações que já foram noticiadas na história do Lar Santana. As roupas incendeiam-se como se o próprio deus ou o demônio, transformando-se em brando vento matinal, soprasse contra elas o seu hálito incandescente. Você pode observar: não existe peça branca que não esteja completamente incendiada, e agora refaço a pergunta: no branco que arde, ainda é possível distinguir o selo do sangue, ou a sujeira é completamente calcinada? Você responde que não, que agora não é mais possível localizar a mancha de sangue, e tem razão, completa razão – é demasiado tarde. Agora, todas as roupas que secavam no varal estão queimando, inclusive os hábitos branquíssimos, que mantêm a sua forma humana. Na verdade, um dos hábitos parece agora conter o corpo de uma mulher dentro dele, mas ela não se mexe. Algumas freiras correm desesperadas e assustadas. Você, espírito invisível, você que ainda continua aqui – ainda acredita em mim?

*

Foi dito que é uma personagem possivelmente inventada o viciado que brinca no parquinho da praça, balançando-se durante uma noite de inverno, enquanto uma mulher tem o seu corpo incendiado.

Numa tentativa de torná-lo mais crível, podemos dizer que foi um dos primeiros a se aproximar do corpo ainda flamejante e que, ao ver uma mulher ser assassinada tão brutalmente, o terror foi tremendo. Como a incendiada se debatia, torcida pelas chamas, ele tentou contê-la movido pela ideia de que, se ela parasse de convulsionar, seria mais fácil salvá-la. Todavia, ao segurar o corpo da mulher, queimou as palmas de ambas as mãos, e foi isso que lhe restou dos acontecimentos: um ferimento de queimadura nas mãos, como se houvesse tocado algo divino.

Eu deveria ter vinte e cinco anos de idade quando pela primeira vez vi o viciado que se balançava no dia da morte da miserável. Eu ainda frequentava bares de sinuca nas madrugadas de sexta e de sábado, na companhia de um amigo, e durante uma dessas noites veio até nós um sujeito que eu sempre via vagar pelo centro da cidade. De baixa estatura, não devia ter mais de um metro e sessenta, magro, a pele morena, os cabelos crespos e curtos, uma barba rala. Veio andrajoso, com roupas rasgadas e o corpo sujo por um óleo castanho. Ele trazia um cinto que, à época, era vendido durante as madrugadas, em propagandas na televisão para os insones. Um cinto largo ligado a um fio de eletricidade. Quando o cinto começa a funcionar, o artefato começa a massagear e a tonificar o abdômen de quem o utiliza, exercitando os músculos que seriam fortalecidos durante a prática de abdominais. Um modo de manter a boa forma enquanto você lava a louça ou vê televisão, dizia a propaganda, e mostrava uma mulher e depois um homem, a mulher ensaboando uns pratos, o homem assistindo a um jogo de futebol enquanto come amendoins japoneses. Foi com este cinto que o rapaz se aproximou de mim e de um amigo, transportando-o como se fosse uma carga muito preciosa e frágil. Perguntou se gostaríamos de comprar o cinto por cinquenta reais. Um novo custa em torno de cem, chegou a dizer. Ele nos olhava com um sorriso estático e suplicante. Dissemos que não tínhamos interesse. A cada recusa, o preço caía e o seu desespero se tornava mais evidente. Trinta, vinte, dez reais, o que tivéssemos bastava. Diante da recusa final, ele se afastou, errático, desnorteado. Ainda tentou se aproximar de outros jogadores, mas foi repelido com maior violência, então ganhou as ruas e desapareceu. Nunca o esqueci. A miséria absoluta que o cercava, o precário desespero de seus gestos, o modo como tentava sorrir quando se aproximou para vender o cinto, certo de que teria sucesso, e a decepção raivosa diante de nossa recusa. Hoje ele surge neste relato, com igual desvario, com as mãos feridas após ter tocado uma desesperada que ardia em chamas. Ele sabe que o incendiário ainda ronda as ruas e sente medo. Não há abrigo da prefeitura que o receba, mas há um hotel na Rua Duque de Caxias com o pernoite por quinze reais. Possui apenas algumas moedas e tem a ideia de angariar dinheiro para completar o preço da diária. Entre o que se encontra sob a sua posse, ele julga que pode vender:

( ) um cordão com pequenas lâmpadas de diversas cores, geralmente utilizado para enfeitar árvores de natal, que furtou da fachada da lanchonete Maracanã, recém-aberta na rua Martinico Prado.
( ) um peão de madeira que ele encontrou ao revirar uma caçamba com restos de materiais de construção na rua Santos Dummond.

*

É aquela hora em que quase todos dormem – a mãe que dava de mamar ao seu primogênito, o primogênito, o pai, o vendedor de algodão-doce, o velho que não sente frio – ou estão mortos, que é o caso da pobre mulher que teve o corpo devastado.

Resta, pois, o viciado que brincava no balanço do parquinho. Agora, ele já se distanciou mais de um quilômetro da Vila Tibério. No caminho, passou por hordas de desvalidos diante da rodoviária, dormindo sob papelões, ou no quarteirão mais baixo e escuro da rua Marcondes Salgado, diante de fechados armazéns de comida, onde viu o apressado vulto de um rato movendo-se entre massas de sombras.

Ao alcançar a praça da catedral, observa um grupo de boas pessoas. Elas se dirigiram até a praça com dois carros e oferecem cobertores São Vicente aos que dormem ao relento e também um copo de chocolate quente e um sanduíche de pão com presunto e muçarela. Em torno dos caridosos, um grupo de quatro ou cinco vultos. Um deles treme de frio, justo o mais jovem, com surpreendentes olhos azuis, o que fez com que os homens e as mulheres pensassem em seus filhos e netos e tivessem a certeza da santidade de seu gesto.

O miserável se aproxima dos caridosos e mostra o que tem para vender: um cordão com luzes natalinas/um peão de criança. Uma mulher diz que ele não precisa vender nada, e então lhe oferece um cobertor, a bebida quente e o sanduíche. O desesperado salta para trás, como se despertasse de um desmaio no momento preciso que caía sobre o seu corpo o sacramento da Extrema-unção.

Este cobertor pega fogo mais rápido!
Eu não entendo – responde a mulher.
Acabaram de colocar fogo em alguém!
Ela pergunta quem foi a vítima do incêndio, e o miserável, começando a parecer alucinado, responde:

( ) a mulher magra que dormia nas escadarias da igreja;
( ) em mim mesmo, colocaram fogo em mim mesmo!

Quando a mulher pergunta quem são os incendiários, o miserável responde prontamente: alguém anda por aqui, alguém com um bom coração.

Como a mulher o fita atônita, o miserável, tomado por uma raiva súbita, e como se ele próprio estivesse tentando se livrar do fogo, grita: não ouviu o que eu disse? Ela, assustada pelo grito, deixa cair a garrafa térmica e acaba derramando líquido quente contra o próprio corpo. Ela tem uma reação de dor.

Agora você sabe, diz o rapaz, exibindo as palmas de ambas as mãos em carne viva.

Um dos homens que está com a mulher, possivelmente o marido, o empurra com violência. O miserável responde, escarrando contra o seu rosto, e o casal que os acompanha tenta colocar fim à confusão. Alguém aponta para o miserável e diz que ele deve estar drogado e que deveria ser internado. Ele vira as costas e sai correndo.

Ao chegar à rua São José, entra num bar com quatro mesas de sinuca, duas delas ocupadas. Aproxima-se de dois jogadores e, exibindo o cordão natalino/peão para crianças, pede vinte reais. Diante da negativa, baixa o preço para dez, depois para cinco. Ao se dar conta de que a venda não será concluída, sente desmanchar-se a máscara de riso nervoso que lhe cobria o rosto. Não posso ficar na rua esta noite. Colocaram fogo numa mulher. Uma amiga minha. Ela já não tinha nada antes, *mas eu tenho isto*, diz, agora próximo ao balcão. Há apenas uma mulher; uma prostituta que costuma fazer ponto na Nove de Julho, na esquina do Banco do Brasil. Ela tem um defeito de nascença no rosto, que consiste no tom macerado da pele, como se também fosse a sobrevivente de um incêndio. Na tentativa de vender os seus pertences, ele a aborda, perguntando se ela sabe o que é violência, e, antes que ela compreendesse a pergunta, exibe as mãos espalmadas e feridas.

*

    Do outro lado do balcão, segurando com um ar de ameaça a espátula de virar os hambúrgueres na chapa quente, o dono do bar diz que ele está atrapalhando a noite e que é melhor que vá embora. O miserável torna à rua. Os relógios já passam das três horas da manhã e, sob o irregular clarão amarelo dos postes, vai se espalhando uma névoa de frio. Uma vez conheceu um sujeito que morreu de frio durante uma noite de Junho, mas não está para isso, considera, e é ridículo, pensa, mas com as suas próprias palavras, que numa noite de inverno o que mais teme é o fogo.

    Então, como se retornasse algo do espírito pueril que horas antes o havia impelido ao balanço do parquinho, ou talvez porque a queimadura das mãos começa a latejar de um modo insuportável, ele percebe que uma fria camada de orvalho já recobriu os carros que se encontram estacionados na rua e tem a ideia de pousar as palmas das mãos sobre os vidros embaçados de neblina. Ao sentir o toque gelado do vidro contra a queimadura, primeiro começa a rir, como se pela segunda vez na noite tocasse algo de natureza divina, e depois, intercalando o riso, tem início um choro nervoso.

Ao tirar as mãos do automóvel, o miserável fita o contorno de suas mãos no vidro orvalhado, e tem a sensação de que contempla o o manto translúcido de Nossa Senhora da Aparecida ou talvez uma criança que se deita para dormir na neve e se esquece de acordar.

O miserável escuta um grito e, ao voltar-se, percebe que o dono do bar de onde havia acabado de sair caminha em sua direção, e já estava tão próximo que não havia mais tempo para a fuga.

Vinte reais serve? Faz de conta que é Natal.

O miserável pega a nota.

Agora vaza daqui! – ordena o dono do bar.

Dez minutos depois e metade do centro novamente percorrida, o miserável dá entrada num hotel de esquina na Rua Duque de Caxias. Como se houvesse tido a alma salva para todo o sempre, ele sente uma excitação que o impede de dormir. O quarto fica no terceiro andar, as persianas são de madeira e a luz que vem da rua incide de modo fraturado sobre a cama de colchão fino. Ele se lembra da noite, da mulher que havia pegado fogo e do que fazia antes, brincando alegremente nos balanços do parquinho, e a sua última resolução da noite é:

( ) ligar o cordão de luzes na tomada e, deitado na cama, ficar observando o bailar das cores dentro do quarto como se fosse Natal; primeiro o azul, depois o amarelo, o vermelho, finalmente o verde, e por um instante todas as cores estão acesas ao mesmo tempo e então todas se apagam ao mesmo tempo e a treva que reina e respira dentro do cômodo é densa, mas eis que recomeça, na mesma sequência de antes, primeiro o azul, depois o amarelo, o vermelho, finalmente o verde, e, por um instante de glória, todas as cores estão acesas ao mesmo tempo;

( ) sentar-se no chão e colocar o brinquedo a rodar entre as suas pernas abertas, como se fosse um menino e, enquanto olha fascinado para o artefato em rodopio hipnótico, começa a esquecer e agora já espera que saia de baixo da cama aquilo que lá se oculta, terrível, e venha com ele brincar.

ALGUNS COMENTÁRIOS

Teste 1: já a primeira enquete proposta é passível de anulação, pois as alternativas, como foram apresentadas, equivalem-se. Eis a questão tal como deveria ter sido formulada:

Até agora, sobre tal relato, podemos dizer:

( ) *é verídico pelo menos em 50%, mas absolutamente impreciso;*
( ) *é falso pelo menos em 50%, mas relativamente preciso.*

Uma cicatriz: é sabido que a miserável, com o corpo em chamas, corre pela praça e é vista pela mãe que, alguns andares acima, dá de mamar a uma criança recém-nascida. É também sabido que a mãe, ao escutar os gritos de dor, vai até a sacada de seu apartamento com o filho junto ao peito, a criança desprotegida diante do frio da noite. Finalmente, é sabido que a criança volta a dormir, e que a mãe a contempla adormecida em seu berço quando *percebe que algo se move dentro de seu coração*, sentindo-se ameaçada por um martelo ou talvez o que a machuque seja o método de uma cicatriz até então ignorada. Mas qual seria o método de uma cicatriz? A ideia mais aceite é que uma cicatriz possui uma existência estática, ou seja, é sempre um resultado, e não algo que provoca um resultado. É o caso do sujeito que muito jovem, ainda bebê, é atacado por um cão selvagem e feroz, recebendo uma mordida no rosto. A marca da violência fica grifada um pouco abaixo dos olhos, digamos que no lado esquerdo da face, mais ou menos na altura do nariz. Se a cicatriz for funda o bastante, ela não vai desaparecer e ocupará sempre a mesma posição no rosto do ofendido: um pouco abaixo dos olhos, no lado esquerdo da face, mais ou menos na altura do nariz, e ele poderá sempre responder, quando alguém apontar a cicatriz e perguntar o que houve: fui marcado pelos dentes de um cão selvagem e feroz. Ainda quando ele esteja morto, um eventual sobrevivente poderá se aproximar de alguém que mira o caixão e dizer: olhe esta marca, foi o ataque de um cão sofrido quando ele contava apenas seis meses. Eis, portanto, a ideia mais aceite que se tem de uma cicatriz e o seu método: é estática, talhada na epiderme, definitiva, e sempre um corpo estranho, sempre algo que apontam, que se torna um objeto de discussão ou de curiosidade desde a primeira oportunidade em que a pessoa marcada é vista. Logo, se toda cicatriz é uma existência anômala, toda cicatriz ocupa um lugar de exílio no corpo. É óbvio que é possível argumentar que há pessoas muito machucadas, e que o seu corpo apresenta tantas cicatrizes que o jogo se inverte: o desterro passa a ser aquilo que não traz a memória da dor. Seria o caso da mulher atacada enquanto dormia, se ela tivesse tido a felicidade de sobreviver. Então poderia ser dito: ali, abaixo da sua costela, ou ali, a cinco centímetros de onde está o seu coração, ali, em exílio, não há sinal de qualquer violência. Mas é uma possibilidade de tal modo excepcional e que não se aplica ao caso da mãe. O que pretendo afirmar, apresentando o método de uma *cicatriz* como algo que se move em seu peito, é que o coração da mãe estava fortalecido pelo amor que nele pulsava após o nascimento do primeiro filho, e um coração forte é um coração uno, um coração íntegro, um coração em que há apenas confiança e certeza. Então a mãe testemunha uma morte horrível nas primeiras semanas de vida de seu filho. E ela percebe: aqui está a violência do mundo, acontece diante de mim enquanto dou de mamar. Por consequência, *um inesperado aguilhão trespassa* o coração forte e uno. É a consciência do mal, da violência, da barbárie. Ela surge em completo exílio no que antes era apenas felicidade e certeza, e dói e apavora. Temos então o martelo e a cicatriz, e aqui o martelo é um símbolo de fácil decodificação: é a consciência da violência inata ao mundo. Finda a reflexão, reescrevo o trecho comentado:

Contempla o filho adormecido, pensa naquilo que o frio da noite poderia causar, e percebe que algo se move dentro de seu coração. Não sabe exatamente o que é. Sente-se ameaçada por um martelo, pela iminência de seu golpe destruidor, duro e seco, ou talvez o que a machuque seja o método de uma cicatriz até então ignorada, cujo trabalho é descosturar.

Valete de ouros: o valete de ouros encontrava-se sob o copo mais à esquerda, e ao comentário acrescento uma nota de mera curiosidade: o velho alto e magro, de cabelos branquíssimos, com um puído terno azul, é um perdedor inveterado. Basta dizer que, após a derrota informada no relato, ele ainda tentou por mais cinco oportunidades: apontou novamente o copo central, e mais uma vez o valete apareceu no copo à esquerda; apontou o copo à direita, e o valete apareceu na posição central; tornou a apontar o copo central e o valete tornou a aparecer no copo à esquerda; finalmente apontou o copo à esquerda e pela primeira vez o valete apareceu na posição central; indicou o copo à direita e o valete surgiu na outra extremidade. Contudo, não é esta a curiosidade que pretendo relatar, embora a dança dos valetes não seja uma informação de todo desinteressante. O que quero esclarecer é que, enquanto o velho era trapaceado, no fundo do bolso do seu terno azul havia o recibo de um jogo de loteria que seria premiado no dia seguinte. Um prêmio extraordinário, o quarto maior já pago na história das loterias brasileiras. Eis que o velho vence sozinho e após receber o prêmio, ao pegar o extrato do banco e constatar o saldo milionário, é torturado por duas sensações antagônicas.

Sente como se estivesse morto, e, assim morto, lhe fosse dada a oportunidade de caminhar pelo mundo dos vivos. O caminho que ele percorre é até o seu túmulo, e o que está gravado em sua lápide não é nada mais do que o valor do saldo bancário após ter vencido na loteria, e sabe – pois aos mortos é permitida uma sensibilidade que beira a premonição – que, se desenterrar o seu caixão e abri-lo, o que vai encontrar lá dentro é precisamente o seu peso em moedas de puro ouro misturadas a moedas de centavos.

Sente como se até então estivesse morto e, com o jogo vencedor, fosse Lázaro, que recebeu o chamado para vida após ter sido sepultado. Um mal-estar que, o velho ignora, foi perfeitamente retratado num poema que consiste em acompanhar Lázaro logo a seguir à ressurreição, depois quatro dias após a ressurreição, depois quatro semanas, e finalmente quatro meses, quando ele é apenas mais um homem na fila do pão. Uma interpretação possível do poema é de que um milagre só permanece milagre enquanto causa espanto, de modo que o fim do espanto é o fim do milagre, e um homem na fila do pão é um homem sem espanto, em que a perplexidade de ter retornado do mundo dos mortos empalideceu até ser completamente substituída pelos aspectos mais comezinhos da existência: estar na fila do pão, o que quer dizer que precisa comprar o pão, o que quer dizer que precisa pagar pelo pão, o que quer dizer que precisa trabalhar para pagar pelo pão, o que quer dizer que a volta do mundo dos mortos não anulou a primeira condenação sofrida pela raça humana, que é a expulsão do paraíso para cair num mundo de dores onde o sustento será ganho com o suor do próprio rosto. Talvez seja mais apropriado dizer que, morto e sob a terra, Lázaro estivesse mais próximo de um possível retorno ao paraíso do que após ter sido resgatado por Jesus; e aqui está o velho, muito magro, os cabelos encanecidos, usando um terno de um azul-celeste; aqui está ele quatro meses após ter vencido o prêmio, o dinheiro depositado em sua conta permanece lá, rendendo juros que nunca serão resgatados; aqui está o velho, mais uma vez distante do trapaceiro, apostando que o valete está na posição central para descobrir que ele se encontra na posição à esquerda, e agora o que ele sabe é o mesmo que Lázaro sabe na fila do pão, quatro meses após ter sido devolvido à vida pela ação aleatória da fortuna (no caso do velho) ou de um Messias (no caso de Lázaro).

Se chegamos até aqui, torno a apelar à imaginação de quem lê e peço o seguinte: imagine que a miserável que morreu incendiada, após ter sido sepultada como indigente, foi resgatada da morte e voltou ao mundo dos vivos, tão pobre e desvairada quanto antes, embora com o corpo devastado pelas chamas. Imagine o decurso de quatro meses a contar da ocorrência da proposição acima. Onde ela estaria vivendo e de que forma?

O Destino da Poesia: talvez, de todas as informações constantes do relato, a mais inverossímil seja aquela segundo a qual a miserável que morreu em chamas sabia ler e tinha uma clara preferência pela poesia – ao que se soma um detalhe que também é recebido com estranheza: ao revirar certo lixo de certa casa encontrou, entre ossos de frangos roídos pela metade, um livro da polonesa Wislawa Szymborska. Insisto que tais circunstâncias são, na medida do possível, absolutamente verídicas, o que nos leva a uma informação complementar, mas que, uma vez revelada, demonstra-se de interesse geral. Nos degraus da igreja, sob o pórtico, onde ela dormia antes de ser atacada, nada foi encontrado além de trapos de um cobertor chamuscado. O livro e os mínimos pertences da miserável perderam-se vinte dias antes, na esquina das ruas Doutor Loyola e Gonçalves Dias. Nessa esquina fica a mercearia da Dona Chiquinha e, do outro lado da rua, o salão comercial onde, até alguns meses antes, funcionara a salgaderia "Encontro Com Fátima", mas que ao tempo do relato trazia o seguinte cartaz pregado na porta de correr: "Passa-se o Ponto". Dona Chiquinha, apesar do nome trazer uma ideia de benevolente simplicidade, como se fosse ela a representante de um comércio e uma culinária voltados a uma tradição caipira, era uma comerciante conhecida pela avareza e desconfiança. Em seu estabelecimento, um bom observador ficaria atento à seguinte circunstância: Dona Chiquinha, invariavelmente, contava com um par de empregadas negras que iam se renovando no curso dos anos, e que ela as chamava de "mocinhas" ou "ajudantes"; e este mesmo observador, se fosse realmente preciso, não deixaria passar desapercebido o seguinte detalhe: atrás do balcão havia um marcador de ponto com reconhecimento facial, informação que é relatada para indicar que o seu amor ao lucro assumia um comportamento marcado pela paranoia, o que é a única explicação para um artefato de tal natureza ser utilizado num estabelecimento tão suburbano. Talvez Dona Chiquinha, assim agindo, tivesse o interesse oculto de que cada uma de suas empregadas mirasse o próprio rosto num perverso espelho no início e final de cada expediente, como que a dizer: esta é você, escaneada, reconhecida, e esta é a sua condição, o que talvez refreasse nas funcionárias algum impulso ilícito. Para Dona Chiquinha, a possibilidade de ser roubada pelas empregadas ou pelos clientes era tão real que a todo momento ela estava tomando as precauções excessivas para evitar um golpe hipotético. Tal comportamento se alastrou, tornando-se um mal de família, e agora que o filho começava a ter um papel mais importante, passando de repositor de estoque a um gerente tão implacável quanto a mãe, ele passou a apresentar o mesmo comportamento mesquinho que, adolescente, tanto desprezara. Tudo o que pudesse diminuir o lucro da mercearia era visto como um transtorno a ser eliminado com agressividade, e é aqui que a sua história se cruza com a da miserável. Naqueles dias, ela estava instalada sob a marquise da antiga salgaderia e abordava os clientes que passavam pela esquina, o que também acontecia, é inevitável, com alguns clientes da mercearia. O filho a observou por mais de uma semana, pensando que ter uma miserável na esquina, enquanto as pessoas entravam em seu estabelecimento para comprar queijo da canastra e damascos em conserva, era um potente elemento de culpa, e, portanto, algo que poderia atrapalhar os negócios. No final de certo dia de trabalho, quando os clientes já não apareciam e as empregadas fechavam as portas, ele providenciou um sanduíche de pão com mortadela e uma lata de Coca-Cola. Atravessou a rua, foi até a miserável e entregou o lanche, que ela aceitou, atônita, sem nada dizer. O homem ainda esperou a primeira mordida e então disse que aquilo era o que ele pagava para que ela desaparecesse da esquina. A miserável, como era seu hábito, repetiu uma das perguntas do poema "Vietnã", no caso *É a guerra, você tem que escolher*. O rapaz, finalmente dando vazão à sua raiva, ergueu a mulher pelos cabelos e a empurrou com tal força que ela foi ao solo, batendo o rosto contra o concreto da calçada, enquanto gritava que, se ela voltasse, algo pior aconteceria. Na sequência, deu meia-volta e, voltando à mercearia, avistou o saquinho de supermercado com os pertences da miserável e os tomou para si. Ao averiguar o seu conteúdo, encontrou três latinhas de refrigerante amassadas, um garfo de alumínio, o livro de poesias da polonesa e um isqueiro já sem líquido inflamável e, portanto, inútil.

A última refeição: é de conhecimento apenas do público leitor o fato de que um róseo algodão-doce foi a última refeição da miserável antes de ser assassinada. Quem, entre os personagens da narrativa, poderia imaginar tal circunstância? Esta pergunta, aliás, leva a uma outra. Quem pode dizer o que comem os pobres diabos que dormem nas ruas, sob as marquises e cobertores imundos? Dotado de um pragmatismo generalizante, haverá quem afirme que eles comem lixo ou o que lhes é oferecido, de modo que agora acrescento uma pergunta. É sabido que a miserável remexia os lixos da Vila Tibério, e que, revirando certo lixo de certa casa, encontrou um livro de poesia em meio a ossos de frango roídos pela metade. Além de ter pegado o livro para si, a miserável chupou dos ossos do frango o pouco de carne que ali restava? Você considera esta informação relevante? Ou entende que é mais uma pergunta cruel, provocativa, sem outra finalidade senão aguçar o sadismo do narrador?

Uma aparição: o mês da morte da miserável foi doloroso para o vendedor de algodão-doce, o mais bondoso personagem da narrativa. Na manhã de domingo que se seguiu ao assassinato, o homem foi trabalhar na Praça XV, diante do Teatro Pedro II, e, translúcida e fria manhã, percebeu que a claridade construíra uma redoma de silêncio sobre tudo o que via. Ele estava posicionado sob a estátua do soldado desconhecido, este em posição de combate, como se fosse arremessar uma granada contra a cidade, e a beleza do domingo era corroída por um amargor crescente. Tal sentimento permaneceu por diversos dias, ou seja, a redoma de silêncio não se dissipou tão brevemente, recrudescida pela sensação de iminente perigo. Naquele dia e nos próximos, enquanto ia e voltava do trabalho, o vendedor não ligou a caixa de som com sucessos de Raul Seixas. Contudo, não se pode confundir tal sentimento com luto: o que predominava no coração do homem era algo mais difuso, vago, impreciso – um terror que lhe subia pela garganta, engrossando a sua saliva, acelerando os batimentos cardíacos, provocando-lhe uma vontade de vomitar que degenerava em crises de tosse; um cansaço que lhe embotava os olhos; um alheamento sobressaltado que o impedia de se entregar às distrações do sonambulismo. Uma noite, enquanto voltava para casa, contou quantos miseráveis se reuniam em torno da locomotiva no centro da praça. Não se lembrava de ter feito cálculo semelhante antes. Se bebia um copo d'água, o seu gosto era acre, apodrecido. Se eclodia uma vontade de chorar, esta ocultava um anseio de violência, uma revolta invertebrada. O excesso da realidade – e não havia realidade que não lhe parecesse excessiva – agora apresentava uma tessitura onírica. As possibilidades haviam mudado, ou melhor, haviam se revelado. Cruzar com um corpo sendo devastado pelo fogo é uma matéria da ordem do dia. Pode acontecer a qualquer momento e com qualquer um. Perceber o silêncio que se segue ao ato de violência é o que confere sabor ao pão conseguido por um preço embrutecedor. Na semana seguinte ao homicídio, já nada era dito nos jornais, e não havia a menor pista sobre a autoria da violência. Agora, a Vila Tibério vivia o assombro de um outro fato. Durante uma noite, um vigia noturno, fazendo a sua ronda pelo bairro, tivera a seguinte aparição diante de si: uma onça parda caminhava desnorteada, extraviada da mata. Acompanhando a fera com o seu carro, o vigia filmou a sua desorientação. Logo a notícia se espalhou: uma onça caminha pelas ruas da Vila Tibério. Quando alguém saía de casa, era dito em tom de brincadeira: *cuidado com a onça*, mas ninguém – até onde consegui averiguar – dizia *cuidado com o incendiário*. Após algumas falhadas buscas, os bombeiros suspenderam a procura, certos de que a fera retornara ao local de onde viera. Tal frenesi, vale dizer, encontrou uma estranha ressonância na morbidez experimentada pelo vendedor de algodão-doce. Naqueles dias, enquanto ele caminhava pelas ruas da Vila Tibério, era isso que se contrastava com o seu amargo torpor: a possibilidade de se deparar com o animal, e tal encontro trazer uma resposta, uma transcendência decorrente de um encontro com uma criatura de pura ferocidade, embora o vendedor não colocasse a questão de tal forma. De todo modo, o encontro não se consumou. Daí alguns dias, a onça foi abatida a tiros. Imagens de seu corpo morto circularam entre grupos de Whatsapp de moradores da Vila Tibério.

Um dragão vencido: o dragão foi antes um vulto de enforcado junto a um pé de romã e um dos primeiros pensamentos incoerentes do velho que não sente frio, e por incoerentes quero dizer pensamentos que não têm base em qualquer relação de causalidade, e que surgem para o velho como os monstros surgem para as crianças. Foi o que aconteceu certa noite, enquanto o velho estava no fundo do quintal de sua casa, sentado sobre o toco. No espaço que depois seria ocupado pelo varal de secar roupa, havia um pé de romã de galhos finos e embaralhados. Wellington Paulo ainda não havia morrido. No programa esportivo do rádio, havia euforia após o resultado do jogo da penúltima rodada do returno da série B do campeonato brasileiro. Um embate contra o Náutico em Recife, o assim chamado jogo de seis pontos, pois o Botafogo ocupava a quarta colocação e o Náutico vinha logo atrás, com dois pontos a menos. Caso o Náutico vencesse, o Botafogo entraria na última rodada sem depender apenas de seus próprios resultados para conseguir o acesso à divisão principal. O Náutico abriu o placar logo aos sete minutos do primeiro tempo, passou a pressionar muito e teve diversas oportunidades de expandir o placar. No segundo tempo, o Botafogo começou a atacar mais, embora sem muito perigo, até que até os 41 minutos do segundo tempo Wellington Paulo recebeu a bola no bico esquerdo da grande área, cortou para dentro e chutou cruzado, Moacir espalmou para a frente e Jorge Henrique, um dos mais experientes jogadores do time, surgiu como uma flecha entre a pequena área e a marca do pênalti para empurrar a bola para o fundo das redes e dar o empate com gosto de vitória ao time de Ribeirão Preto. E justamente enquanto os comentaristas elogiavam a tenacidade de Jorge Henrique, que viera muito criticado, apontado como um imprestável refugo dos grandes times, veterano sem nenhum brilho, justamente enquanto os comentaristas teciam loas a um jogador de futebol que se aposentaria no ano seguinte, amargurado pela morte de Wellington Paulo, justamente nesse momento o velho mirou o pé de romã e lá viu, com assombrosa nitidez, um corpo de enforcado que pendia como se estivesse pendurado num dos finos galhos da árvore, o que ressaltava mais a natureza irreal da visão. Fosse um enforcado de verdade, o pé de romã não suportaria o seu peso, mas lá estava ele, nitidamente recortado contra o lusco-fusco, clarão mortiço de um céu aceso por dentro, brasa distante e difusa. No dia seguinte o velho caminhou até a árvore. Havia uma romã caída sob o galho que havia sustentado o enforcado. O velho a apanhou do chão. Uma romã é um desses raros objetos que existem como símbolo o tempo todo: porque se parece muito com um coração, embora de maior beleza, as sementes como pérolas escarlates em estado de cristal, e ela sangra na ponta dos dedos como um sangue virginal, pois claro demais, quase rosado. Como é fácil identificar a sujeira de romã na roupa branca! Eis que o velho segurou a romã rachada e decidiu, de um modo que nunca conseguiu colocar em palavras, que não mais queria aquelas frutas de sementes tão rubras em seu quintal. A árvore foi arrancada do solo. Veio o varal, e um entardecer, novamente quando o velho se encontrava com o radinho junto ao ouvido, lá estava o vulto do enforcado. O velho se aproximou e tocou o enforcado, que era feito do tecido leve de alguns lençóis que lá estavam pendurados. Sobreveio uma imediata metamorfose. O velho tinha diante de si o hábito de uma freira, as palmas das mãos unidas como se orasse, a cabeça inclinada para o chão como se buscasse deus no silêncio da prece. A freira tornou a aparecer algumas vezes até sofrer nova metamorfose, assumindo a forma de um dragão. O velho nunca entendeu o motivo da mudança. Na verdade, demorou a entender que se tratava de um dragão. Inicialmente, julgou que fosse uma serpente com asas, na falta de melhor definição. Depois, o delírio encontrou um comovente estado de exasperação: o que o velho via era o corpo de uma serpente com a cabeça de cachorro e as asas de morcego. Observo que *um dragão pode ser desenhado assim* e era mais ou menos assim que ele aparecia ao velho: bizarro e domesticado, ameaçador e ausente, claramente real embora não restasse dúvida de que vinha dos territórios do delírio, altivo e vencido, familiar e estranho. O esquálido dragão da velhice e do esquecimento, Rocinante alado e monstruoso, besta fera sem nenhum outro sentido além de morrer sobre os telhados apagados das casas de subúrbios: eis o que o velho poderia dizer acerca de suas alucinações, mas não disse, e o que pontuo agora é que, ao olhar para a pipa caída sobre o varal, sempre viu um dragão. Ofereci a possibilidade de *mais um morto girassol, embora de proporções humanas* para tornar lírico e reconhecível o espanto do velho que não sente frio, o que, revendo agora, constato ser desnecessário e excessivo. No mais, escapa à falhada onisciência do narrador a paixão do velho pelos girassóis, esta flor tão solar, mas tão facilmente massacrada pelo clima quente e árido da Vila Tibério.

Questão acerca do existir ou agonizar: outra questão passível de ser anulada, e por um motivo óbvio: *o que agoniza, existe*. Portanto, se não existe agonia sem existência, não é lícito apresentar as alternativas como antagônicas.

Todavia, lançando mão de uma duvidosa licença poética, mantenho o teste, que serve sobretudo para mensurar

se a esperança de quem lê aponta para a conservação do passado.

se a esperança de quem lê reside na expectativa do futuro.

Afinal, a questão apresenta o contraste entre um fato positivo (existir) e um fato negativo (agonizar). Logo, para aquele cuja esperança aponta para o passado, é inequívoco que vivemos algo como uma distopia. Uma nova ordem mundial em que a violência, o revanchismo e o obscurantismo integram os programas de governo de diversos comandantes eleitos pelo voto democrático. Se algo de bom existe entre nós, impedindo a consumação do pesadelo, é a reminiscência de um mundo anterior, menos crispado, menos armado, de maior esperança e felicidade. Então, se quem lê acredita que o que nos salva vem do passado, ele deverá escolher a alternativa segundo a qual *o velho mundo ainda existe*.

Contudo, se quem lê vive sob a expectativa de um radiante futuro, ele deve interpretar as alternativas de modo contrário. O velho mundo é ruim e vem nos afogando na lama e no sangue por milhares de anos, justificando massacres, estupros, guerras; e enquanto este velho mundo existir não existirá esperança. Por consequência, você que anseia pelo futuro provavelmente deverá marcar a resposta segundo a qual *o velho mundo agoniza*.

É claro que um teste não pode apelar a algo tão íntimo como a esperança ou a desesperança, e talvez até mesmo a poesia corra um risco quando envereda por tais caminhos, mas agora é tarde demais, e pouco resta a não ser devolver a pergunta aos leitores e leitoras para análise conforme os critérios expostos.

Então me diga:

( ) O velho mundo ainda existe;
( ) O velho mundo agoniza;
( ) Eu não sei qual o pior dos mundos: o velho ou o novo.

Os ratos enquanto *leitmotiv*: começo com uma pergunta a quem lê e com uma provocação a mim mesmo: a imagem dos ratos enquanto sinal de decadência, imundície e degradação já não foi explorada exaustivamente na literatura do passado?

Mas de que outro modo, na literatura do presente, devo tratar de temas tão abjetos? Sem outra alternativa, mantenho os ratos e, marcando posição, faço um breve resumo das suas ocorrências no texto, e acrescento alguns detalhes e proposições.

Uma noite antes de morrer, a miserável acordou com um rato sobre o seu corpo, mais precisamente sobre a cicatriz da cesárea e da laqueadura, como se ele tivesse nascido daquele corpo ou nele quisesse ingressar com o seu terrível apetite de rato.

Na esquina das ruas Epitácio Pessoa e Martinico Prado a forma indefinida que se movia rente ao chão era um panfleto com propagandas de supermercado. O luar, cortado pela metade e acobreado pela poeira dispersa no ar, era a imobilidade de uma pálpebra retalhada pela precisão de uma navalha. Em noites assim sabemos que os ratos existem com um grau de certeza que nos desespera ainda mais.

Ratos justificam uma variação do velho ditado espanhol acerca de bruxas: *não acredito que haja ratos dormindo em minha casa, mas que por lá eles existem, existem.*

Um comentário político sobre os dias que correm é afirmar que Macbeth perceberia facilmente que são homens fantasiados de árvores aqueles que avançam contra o seu trono, mas, se os inimigos viessem disfarçados de ratos, o estratagema provavelmente funcionaria.

Existe outra forma de se apossar ou pelo menos de se aproximar do poder?

Enquanto o rato pai se alimenta das migalhas deixadas sobre a mesa de jantar, nos esgotos uma rata dá à luz novíssimos ratinhos.

O miserável, em sua fuga do incendiário, passou pela rua Marcondes Salgado, ao largo de várias pessoas que dormiam sob papelões e cobertores malcheirosos. No trajeto, o fugitivo viu um rato de porte médio se esgueirando entre as grades do bueiro, ganhando a calçada, e correndo na direção da porta de um armazém de cereais.

No final do relato, uma das alternativas apresentadas era aquela em que o miserável brincava com um peão de criança no chão do quarto de hotel, pueril e alucinado, e, vamos supor, sendo certa a resposta, que existia um ratinho sob a cama e que ele surge quando o miserável começa a brincar com o peão. Aproxima-se singelo, esticando a cabecinha, mexendo o narizinho como quem fareja. Vamos supor, agora, que não há espanto no coração do homem, mas uma comovida irmandade. Ele coloca o ratinho na palma de sua mão. Acaricia o pelo viscoso que traz a história de uma vida no esgoto. Não há nojo no semblante do homem. Na verdade, ele sorri como se reencontrasse algo que havia perdido há muito tempo, e isso é o suficiente para que sinta o desejo – fremente, persuasivo – de saltar da janela do apartamento, sendo cada vez mais queda e menos homem.

APÊNDICE COM ALGUNS FATOS E PONDERAÇÕES SUPLEMENTARES

O velho que não sente frio é o irmão mais jovem de uma freira chamada Paulina, que veio a ser torturada por militares pela prática de atos subversivos. A tortura se deu no Lar Santana, durante três noites de agosto de 1971. O padre da paróquia e o bispo da cidade tomaram conhecimento do caso e pouco fizeram.

*

Paulina foi encontrada morta por enforcamento no Lar Santana no ano de 1977, um dia antes do Botafogo ser campeão do primeiro turno do Campeonato Paulista, desde então a sua maior glória. A causa apontada foi suicídio. Há seis anos, Paulina era uma personagem errática e fantasmagórica.

*

A mãe que amamentava o filho enquanto uma mulher morria na praça não fez qualquer comentário acerca dos fatos na manhã seguinte, ao conversar com o marido. O homem tomou conhecimento do assassinato no mesmo dia, em conversa tida no armazém da Dona Chiquinha, no horário do almoço, enquanto esperava que o frango assado que havia encomendado fosse partido com uma tesoura própria para esse fim.

No final da tarde seguinte à morte da mulher que foi incendiada, a mãe teve a impressão de que uma camada suplementar de cinzas e de silêncio pousava sobre a Vila Tibério. Da sacada de seu apartamento, ela viu as pessoas chegando para a missa dominical e pensou, embora com as suas próprias palavras, que era muito fácil cair.

*

Não há comprovação de qualquer relação de causalidade entre o assassinato da miserável e a depressão pós-parto que acometeu a mãe e que nunca foi totalmente curada. Tornou-se uma pessoa aflita, que trazia na carne do rosto uma aparência de surra. Trinta anos no futuro, o primogênito, diante do túmulo de sua mãe, comentaria com a esposa que não se lembrava de um dia ter visto a sua mãe feliz. O pensamento acima foi o gatilho para a dor mais amarga e sem esperança que ele jamais sentira.

*

O suicídio de Paulina foi objeto de veementes críticas pelo padre da paróquia e pelo bispo da cidade.

*

Foi como se tivessem tirado, à força, Deus de dentro de mim, disse a freira ao seu irmão mais jovem, em 1973. Ele a olhou atônito.

*

Deste corpo, Deus foi tirado à força.
O que vale a alma agora?

*

Desta alma, Deus foi tirado à força.
O que vale o corpo agora?

*

Qual das frases acima você considera o mais completo aniquilamento da esperança?

*

Logo após saber do assassinato da miserável, pela boca do vendedor de cata-ventos, o vendedor de algodão-doce realizou uma venda. Enquanto o algodão-doce se formava, rosado e etéreo, em torno do palito, uma indignação surda martelava o peito do vendedor. Ele entregou o algodão-doce ao cliente, o pai de uma menina com não mais do que cinco anos de idade, e, ao receber o seu pagamento, sentiu-se sujo e amaldiçoado.

*

Após o suicídio da irmã Paulina, surgiu o boato de que o Lar Santana era assombrado, história que percorreu o bairro e a cidade após o relato de que, certa manhã, alguns lençóis brancos estavam estendidos no varal e entraram em combustão espontânea, drapejando em chamas.

*

Diante do Lar Santana, desde o tempo da tortura e do suicídio, há um par de árvores com olorosas damas da noite, que ainda hoje perfumam as ruas escuras e suburbanas com o seu adocicado cheiro de verão.

*

Ninguém consegue estimar a data aproximada a partir da qual deixou de ser visto o miserável que brincava no balanço da praça. Muitas vezes ele foi dado como ausente – ou tido como ausente – e muitas vezes ele ressurgiu, desvairado e claudicante. *Se morrer é só não ser visto* ou lembrado, talvez seja justo dizer que o miserável já morreu pelo menos uma dezena de vezes e, a cada retorno ao mundo dos vivos, ele surge mais maltrapilho, imundo, alucinado, como se um demônio tivesse se apossado do corpo de um cadáver e sempre dando um jeito de sair de dentro da terra, não importando o número de sepultamentos.

*

Termino com a evocação de uma madrugada em que o primogênito tem menos de quatro anos de idade. Ele pode precisar a idade, pois foi no período em que ainda vivia no apartamento diante da praça. Ele se lembra de acordar chorando muito após ter ouvido um grito de tal modo horrível que nunca voltaria a ouvir algo parecido. Um grito rasgado, estridente, que parecia vir de dentro do que o cercava: do interior das paredes, do miolo de madeira dos tacos de chão, do próprio sangue. Quando o primogênito acorda gritando, a mãe imediatamente se debruça sobre ele, nervosa, e diz que o grito foi um sonho ruim, acalmando-o para que adormeça novamente. Depois de um tempo, o primogênito passou a voltar a esta memória com uma insistência cada vez maior; como se algo nela estivesse profundamente equivocado, desconexo da realidade. Tem a suspeita de estar diante de uma mentira dita num momento tão inicial de sua existência que nunca poderá colocá-la a limpo, confrontando-a com os fatos. Ele sabe: crianças de idade tão tenra têm uma dificuldade natural de se expressar, sobretudo durante o pânico. Choram, gritam, balbuciam rudimentos de palavras, o que costuma deixar os pais bastante angustiados, tentando descobrir o que aconteceu. Terá sido o ataque de um escorpião que se escondia sob o travesseiro? Haverá alfinetes ocultos entre os lençóis? Se foi um pesadelo, no que consiste esse pesadelo? Mas a sua mãe, pelo que lembra o primogênito, não tem dúvida e não pestaneja em nenhum momento: ela sabe que está diante de um filho assombrado por um grito. E agora formulo a última questão a você, que se entrega a um duplo e vão esforço – acreditar em mim ao mesmo tempo que não acredita. Você que me lê entende que:

( ) o grito nunca existiu no universo dos sonhos; foi um grito real, escutado não apenas pelo primogênito; um grito cuja verdadeira natureza não poderia, em hipótese alguma, ser revelada a uma criança, e por tal razão a mãe faltou à verdade e disse que foi um sonho. Se você que me lê optar por essa hipótese, formulo uma pergunta suplementar: de quem foi o grito, já que a miserável incendiada está morta há anos? Foi um grito que veio de dentro do quarto ou de fora? De alguém que morre ou daquele que sobrevive? De um torturado ou de um carrasco?

( ) o grito realmente foi um sonho, o que tampouco é grande novidade: habitamos um país em que aqueles que dormem despertam sobressaltados por um pesadelo em que alguém grita. Na verdade, configura um momento de passagem e de iniciação quando você, pela primeira vez, acorda em pânico porque sonhou que alguém gritava horrivelmente. Então pode ser dito: eis aqui o seu batismo, você pertence a este país. Há, naturalmente, os precoces, que são acossados muito jovens pelo grito. Em contrapartida, há aqueles que dormem plácidos por muitos anos, em que a ausência do grito se entranha na carne como uma abjeta virgindade. Depois de um tempo, passam a adormecer sem qualquer temor, o que é errado, sem dúvida nenhuma. É inevitável e inexorável que também para eles o grito chegue em algum momento;

( ) esta é uma questão absolutamente inútil, como todas as outras.

*

Daniel Francoy (1979, Ribeirão Preto), autor dos livros *Identidade* (Urutau), Prêmio Jabuti na categoria poesia, em 2017; *A Invenção dos Subúrbios* (Edições Jabuticaba), finalista do Prêmio Jabuti na categoria crônica, em 2019; e *O Ganges Represado* (Urutau). Em Portugal, publicou os livros de poemas *Em Cidade Estranha* e *Calendário* (ambos pela Edições Artefacto).

Este livro foi impresso na gráfica PSI7, em papel pólen bold 90 g/m² (miolo) e cartão 250g/m² (capa) e composto em Garamond